凜ちゃんのとっぴんしゃん

大和かつみ
YAMATO Katsumi

文芸社

人生五十年……有名な織田信長の逸話ともいわれる能の「敦盛」の一節だけれど、智美先生も一週間後のお誕生日を迎えることもなく逝ってしまった。私の大切な、大好きな踊りの先生……享年四十九歳。

二十三歳になった私、志保田凛が六歳の頃からお稽古をつけてくださった智美先生。優しくて綺麗で時には厳しくて、へんてこりんだった私を育ててくださって、名取にもしてくださって、たくさんの思い出をいただきました。ありがとうございます。

智美先生のお葬式には、姉妹弟子の乃梨香ちゃんと妹の久美香ちゃんも同席しました。共に智美先生の門下の名取で、久美香ちゃんは智美先生の最後の名取さんとなってしまいました。智美先生のお師匠さんの智先生もお弟子さんと一緒にいらしていました。

棺の中のお顔を見るなり、

「芳江（智美先生の本名）ちゃん、貴女《あなた》早すぎるわよ。私よりずうっと若いのに。もっと踊りたかったでしょ。私も後で行く（逝く）からまた一緒にお稽古しましょ。待っていてね」

とお話しなさいました。

同席したすべての方が、お経を読んでいたお坊さんまで泣いていたのではないかと思うくらい、式場は悲しみに包まれていました。

私も乃梨香ちゃんも肩を抱き合って泣きました。

久美香ちゃんは、初めて経験する親しい人の死という現実に耐えきれず、トイレに駆け込んで号泣したそうです。

まだ十九歳だもの、初めて目の当たりにした身近な人の死を受け止めきれないのでしょう。五月晴れの美しい日でした。

つらいお別れからひと月が過ぎ、今日は智美先生から引き継いだ幼稚園課外教室の日です。

私は今、父がつけてくれた美生《みお》という名取名（踊り用の名前）で、子供たちに指導をしているのです。

主に年長組の、おもらしの心配のない、少しは集中できる（十五分くらいかな）園児がやって来ます。子供たちに浴衣《ゆかた》を着せて、すり足のお稽古をさせて、踊りのお稽古。まだまだ要領を得ない私は、汗だくになって終わる頃はグタグタ。

子供たちは涼しい顔で私を見つめ、口々に言います。

「せんせい、汗いっぱいで大変だね」

「きんちょーしてるの」

「汗臭いと彼氏に嫌われるよ」

はいはい、緊張していますよ、ご心配なく、彼氏はいませんよと心の中で言いつつ、汗を拭きながら子供たちを着替えさせ、お母様のお迎えを待ちつつ、一時間のお稽古終了。お疲れ様でした。

帰り際に、幼稚園の年少組担当の可愛いポニーテールの先生から呼び止められました。

「美生先生、少しお話ししてよろしいですか」

「はい」

えっ、何か不手際があったかな。子供たちのお母様たちにもご挨拶したし、子供たちも少しずつお稽古に慣れてきた様子だけれど……。

なんて思っていると、年少のつぼみ組の教室に通されました。

園児の帰った教室には小さな椅子やテーブルがあり、おままごとのお部屋みたい。私の大きなお尻では座れないなあと立ち往生していたら、先生が丸椅子を持ってきてくださいました。

「どうぞ」

「ありがとうございます」

何かクレームかしらと身構えていたら、

「先生、おいくつですか」

と聞かれました。

「あっ、はい、二十三歳です。九月に二十四になります」

と聞かれてもいないことを答え、しどろもどろの私。情けない。

つぼみ組の先生の名札には「さくらいまや」と書いてありました。

「私は二十四歳です。この園で四年お世話になっています」

「お若くみえますね、私よりずっと」

また、わけのわからない言葉を発してしまった。

まや先生はクスッと笑って、

「園児相手のお仕事だからだと思います。美生先生はいくつから踊りのお稽古を始められたのですか」

「六歳です。幼稚園の年長でした」

「二十四歳では無理ですか」

「えっ」

「中学生の時に歌舞伎が好きで、踊りに興味がありましたが、近くに踊りの教室がありませんでした。踊りはお金がかかるからと両親も習わせるのに消極的でしたし。ようやく社会人になって自分の好きな踊りをしたいと思った矢先、課外教室に智美先生がいらしたんです」

「三年前ですね」

「はい、智美先生のお稽古場に伺いたいとお話しして、私も仕事に慣れた頃、先生が入院なさって……」

「残念でした」

「残念でした」

二人で少ししんみりした頃、

「美生先生、私に踊りを教えていただけませんか」

「えっ」

「大人でも教えていただけますか」

「私なんかでよろしいのでしょうか」

「美生先生に、教えていただきたいんです」

その日は、お稽古日や月謝のお話をして帰路につきました。

わあー、どうしよう。年上のお弟子さんだ。初めてだ、私、大丈夫かなあ。

智美先生が入院されてからは、智美先生の妹弟子さんの智香先生にお世話になっています。

「お預かりしているお弟子さんなので、わからない時は聞いてね」とおっしゃってくださり、とても優しく教えてくださいます。

早速、大人のお弟子さんを教える旨を智香先生にお伝えしたところ、

「いい勉強だと思いますよ。でもお子さんと違って大人の方はプライドを持っていらっしゃるから、いつも丁寧に、敬語で教えてあげてね。端唄や小曲などの短い曲から始めましょう」

と、「梅にも春」「春雨」「香に迷う」などの短い曲をお稽古し、帰路につきました。

お兄ちゃんが一人暮らしを始めてから、お兄ちゃんの部屋は私のお稽古場になっていました。フローリングの床を張り替え、家具も和風の（と言ってもタンス一つですけど）ものにして、私なりのリフォームをし、好きな時に踊っていました。

来週の土曜日、私の最初の大人のお弟子さんがいらっしゃいます。床を磨きお花を飾ります。

さあ、どうなりますことやら。私、落ち着いてお稽古できるでしょうか。

私のお稽古場となったお兄ちゃんのお部屋は、お兄ちゃんが歌舞伎の囃子方《はやしかた》の研修を終えて一人暮らしを始めるまで、日々を暮らしていました。

約八帖あり、私の部屋（七帖）より広く、窓も大きいのです。我が家があるのは東京の下町でしたが少ーし高台にあるので、天気が良いと遠くに山並みも見えます。

一緒に部屋の片付けをしていたお母さんは深いため息をつき、呟きました。

「優介、元気かしら。ちゃんとご飯食べているかしら」

「大丈夫よ。歌舞伎のファンの方たちから差し入れもあると思うし、きっと美味しい物ばっかりよ」

「そうかしら、あの子、下っ端よ？」

そしてまた深いため息をついて、「淋しいわ」の一声。

そうか、そうか、お母さん。できの良いお兄ちゃんだもの、淋しいよね。不できな娘じゃ埋められないよね。

私もつられて深いため息。

「何よ、凜まで。フケるわよ」

えっ、何、それ。お母さんの心境を察したつもりなのに。フケるって、私まだ二十三歳ですよ、と仏頂面をしていると、続けて言いました。

「貴女も子供を持てばわかるわよ。親はね、子供がいくつになっても心配でしょうがないものよ。まあ男の子だから大丈夫でしょ。貴女もそんな仏頂面していないでさっさと片付けて。そんな顔してちゃ彼氏できないわよ」

大きなお世話ですよぉって〝あかんべえ〟をしようと思ったけれど、それじゃあ私が教えている幼稚園の子供たちと変わらないなあ。

先週の課外教室で注意した子に〝あかんべえ〟されたっけ。再度注意したら「あかんべえ、ダブルだ！」って言われて右目を右指で、左目を左指で、口を思いっきり開けてべぇーと舌を出されて、お母さんが気付いてあわてて子供を抱きかかえて、「すみません、失礼します。ありがとうございました」と、帰っていったっけ。

来週、どうなることかと思うけれど、考えてみれば私も幼稚園時代はとんでもない代物だったことを思い出しました。

バス通園だったのに、帰りはほとんどお母さんがお迎えに来てくれたっけ。私は嬉しかったけれど、お母さんはいつも職員室に行っていた気がします。一つだけ思い出すのは、泣き虫のともみちゃん。いつもポニーテールで大きなリボンをしていました。ある時、何でかわからないけど、ともみちゃんのピンクのリボンをほどいて園庭の木にかけてしまったっけ。ともみちゃんは大泣きして、私も怒られたのでした……。私にも言い分があったのかもしれないけれど、忘れてしまいました。幼児なんてそんなモノかもしれません。

ふとお母さんを見ると、黙々と片付け物をしています。こんな私を育ててくれてありがとうね、お母さん。そりゃあ優介兄ちゃんがいなくて淋しいよね……と様々な思いに駈られていると、「ドンチャヤチャリーン」と、けたたましい三味線音。あれ、これ「元緑花見踊」だっけ。

「あ、優介だ。元気ぃ？」

お母さん、携帯電話の着信音いつのまに変えたのおー？　と聞こうとしたけれど、お母さんはお兄ちゃんにラブコール中。

私は静かにキッチンに向かい、冷蔵庫からお茶を出して一人休憩することにしました。

「ふうー」とひと息つき、お腹が空いたので冷蔵庫をあさっていると、奥のほうからプリ

ンを発見したのです。賞味期限は今日まで。セーフ、いただきまーすとスプーンを探していると、

「ねぇ、ねぇ、優介が、今度ご飯食べようって。凛も一緒に行こう。元気そうで良かったわ。あ、マンションにも来てって。嬉しいわぁ」

と、かなり高揚気味のお母さんが話しかけてきました。

「私もお腹空いた。一段落したからご飯作るね。お父さん今日は遅くなるって言ってたから早目に食べよう。凛も手伝って」

「お母さん、今日は何にするの」

「ハンバーグとけんちん汁」

ミスマッチだけれど美味しいよね。フンフンと鼻歌を歌いながら玉葱を刻むお母さんの横で大根の皮をむく私。幸せな母娘の時間が流れていきます。

それから二年、会社勤めではないのでお盆もお正月も舞台公演で帰れないお兄ちゃんは、たびたび美味しいモノを送ってくれるようになりました。

そんなお兄ちゃんからようやくのラブコール。「うち、来る?」にお母さんは飛び上が

って喜んでいました。そりゃあ、嬉しいけれど……ね。

来週の月曜日、振替休日で図書館も幼稚園の課外教室もお休みなので、私もお付き合い。

お兄ちゃん、元気かしら。


お兄ちゃんが歌舞伎の三味線奏者になって、劇場に近い方がいいからと、東京のど真ん中に引っ越して早三年。

お母さんと一緒に、東京のど真ん中のブリリアン・ラ・メゾン何とかという長ーい名前の住所を尋ねていったけれど、本当に驚きました。

路地を入った細長ーい、鉛筆のような白いビルの六階がお兄ちゃんの部屋だったのです。

玄関に洗濯機、お湯を沸かすだけのおままごとのようなキッチン、ベッドとテレビと座布団三枚と三味線、これが優兄ちゃんの東京ど真ん中の部屋のすべてでした。たった一つのこだわりが、トイレとシャワー（狭すぎてバスタブなし）が別ということ。

お兄ちゃんは照れくさそうに笑って、「人口密度高すぎ、ご飯食べに行こう」と言って外へ誘います。

我が家も東京だけれど端っこのはじっこ。緑豊かで、川を越えれば埼玉だし、何にもないけれど、お兄ちゃんの東京ど真ん中のラ・メゾン何とかよりもずうっと居心地がいいし、広いし、少しだけれどお庭もあります。お兄ちゃん、大変なんだろうなあと思ったらかわいそうになってきました。

「あ、ここ。海鮮丼とか美味しいよ」

庶民的な古びた小さなお店で、銀座が近いのにこんなお店もあるんだなぁと思っていると席に通され、お兄ちゃんおすすめの海鮮丼を頼みました。

テーブルに、赤やら白やら黄色やらと、彩りのきれいな、お刺身と卵で山盛りの丼が置かれました。

「いただきまーす」

お腹もすいていたので大きな一口で頬張りました。

「何、これ!」

美味しい、お刺身がはじける。口の中でお刺身の甘味と磯の香りが交互に押し寄せる。酢飯が後から口の中をさっぱりさせてくれるので、いくらでも食べられそう。こんな美味しい海鮮丼は初めて。お兄ちゃん、いつもこんなに美味しいのを食べてるの、ずるい。

「しがない三味線弾きだから、給料やご祝儀をいただくとここへ来るんだよ。今日は特別だよ」

お母さんと私は顔を見合わせました。

「大切な家族だしね」

お兄ちゃん、駄目。私、泣きそう。

お母さんは一足先にハンカチで目を押さえていました。あまりにもありきたりの、

「山葵《わさび》がきいちゃったわ」

の一言。

「うまいだろう」

気付かない振りして食べるお兄ちゃん。

食べ終えると、お兄ちゃんは明日の稽古の打ち合わせがあるからと、手土産をくれました。

「父さんにもよろしく」

お兄ちゃんにご馳走になって帰路につきました。

お土産は空也の最中。

家に戻って早速報告です。お父さんはお母さんの話を聞きながら、「そうか」と一言。

静かに最中を食べていました。


ひと月ほどして、お兄ちゃんから歌舞伎のチケット三枚が送られてきました。

お芝居では陰囃子《かげばやし》だけれど、「連獅子」の演目では、お兄ちゃんは雛壇《ひなだん》にいました。

大柄で背の高いお兄ちゃんは黒紋付、裃《かみしも》姿が似合う、恰好いい。

踊りが大好きな私は何度も歌舞伎を観ているけれど、踊りよりも地方《じかた》のお兄ちゃんを観ながら夢のようなひとときを過ごしました。

お母さんも食い入るように舞台を観ていました。

お父さんはただただ静かでした。

帰り際、三人で食事をしました。

文豪も愛したという銀座の鰻屋さんで、贅沢な一日だと思いました。

お母さんと私は上機嫌で、お父さんは静か。

するとお父さんがぼそっと言いました。

「俺はいい家族に、いい子たちに恵まれたよ」

そして、お母さんに向かって、「いい子たちを産んでくれてありがとう」と。

お母さんは顔が赤らんで少女のようにはにかみます。皆箸が止まり、お腹は空いているのに胸がいっぱいで食べられません。

しばらくすると感情の波は落ち着いて、再び空腹の波が押し寄せます。

やっぱり鰻は美味しい。三人共完食です。

元気を出すには食べなくちゃ。

お兄ちゃん、素敵だったよ。ありがとう。


さくらいまや先生が我が家でお稽古を始めて早半年。最初はどうなることかと思ったけれど、とても覚えが早くて、身のこなしも丁寧。浴衣の着方もすぐ覚えて、とても楽しんでくれている様子で安心しました。

お稽古が終わり、お茶を飲みながら他愛ないおしゃべり。年も私と一つしか違わないのです。

園児相手のお仕事なので、元気いっぱいのお姉さん先生かと思ったけれど、お稽古に向かう姿は真面目で、年上なのに私を立ててくれる。気遣いのできる素敵な女性だと思います。

「先生、わたしね」

うつむき加減にまや先生が話し出しました。

「子供の頃、お友達が日本舞踊のおさらい会に誘ってくれて、初めて舞台姿の彼女を見た時、あまりに素敵で驚いてしまいました。こんな綺麗な世界があるんだなぁって。でもそのお友達はお金持ちのお嬢さんだったし、私も父の都合で関西に引っ越してしまって疎遠になって」

「そうなんですか」

「まるで魔法の世界でした。彼女は普段も可愛い子だったけれど、まるでお人形のようでしたし」

ん、魔法の世界？

「同い年くらいの女の子と二人で赤い衣裳で、その後蝶々になって」

「『鏡獅子』の胡蝶ですか」

「そうです、そうです。彼女はお医者様のお嬢さんで、その後、薬剤師さんになったそうです」

ま、まさか。恐る恐る聞いてみました。

「お友達は何てお名前ですか」

「可愛いお名前で梨《なし》の香りなのと言っていました。そうそう、のりかちゃん」

間違いない。ご縁というのは、広い世の中でも結ばれる人に必ずめぐり会うものなのだ。それは恋愛に限らず、友情だったり、人間関係だったり。乃梨香ちゃんとのご縁で、私は初めて大人のお弟子さんにも恵まれました。

あまりの偶然（必然？）に驚いた私は言葉少なに、

「いいお友達ですね。では、来週の土曜日も二時からですね」

とお稽古日の確認をして彼女を見送りました。

本当は乃梨香ちゃんのことや自分のことを話したかったけれど、唐突に話し出したら、まや先生は戸惑ってしまうかもしれない。

落ち着いて、と自分に言い聞かせ、智香先生に教わった「大人のお弟子さんには敬語で大人の対応を」の言葉を反芻して深呼吸をしました。

私はまだまだ教える人としては小さく薄っぺらだ。幼児から呼ばれる「せんせい」と、まや先生から呼ばれる「先生」では同じ意味でも重さが違う気がするのです。

そうしてそのどのような重さでも受けとめる人として成長していきたい。今の私にはまだその器量はないけれど、智美先生のように人を育て、誰からも慕われ、智美先生の師匠である智先生に、「またあちらで一緒でお稽古しましょ」と送っていただけるような人になりたい。

智美先生が亡くなって二年、私は静かに泣いていました。

大人のお弟子さんを迎えるにあたって、私は師範試験を受けることを決め、智香先生にお話ししました。そこで乃梨香ちゃんも師範試験を考えていると伺い、これは偶然ではなく必然だと感じたのです。

お稽古日に、入れ違いのように会った乃梨香ちゃんと立ち話をしていた時のこと。

「一緒に師範試験を取ろうね、頑張ろうね」

「こちらこそ。凛ちゃんは子供たちを教えているし、キャリアもあるのだから。私、頑張らなくちゃ」

と、乃梨香ちゃんからの思いがけない言葉。

私は気になっていた、さくらいまや先生のことも聞いてみました。すると、

「小学生の時だし、クラス中の女の子をご招待したかもしれないのであまり覚えていないの、ごめんね」

と、あっけないご返事。

そうだね、十年以上も前のことだもの。でも乃梨香ちゃんのご縁で私、初めて大人のお弟子さんを持てたんだよ。ありがとう。

「あっ、着替えなくちゃ。またね、凛ちゃん」

長いお話になりそうだったのでピリオドを打ち、「うん、またね」と短く返事をして帰路につきました。

私の名取試験の時は智美先生が乃梨香ちゃんにお話しし、乃梨香ちゃんが私と一緒に（いきさつはどうあれ）取りたいと言ってくれたお陰で名取試験に向けてお稽古でき、試験を受けて名取になれました。

国家試験に合格し、薬剤師さんになった乃梨香ちゃんは、総合病院の薬局にお勤めして二年ほど経っていました。

お互いに経済的自立を果たし、二人共お稽古を楽しんでいました。土曜日の午後、久しぶりに待ち合わせてお稽古が終わってから食事をすることにしました。

「乃梨香ちゃん、お仕事お忙しいんでしょ」

「総合病院だから日中は大変だけれど、時間的には定時で終わるのでお稽古にも通えるし、お仕事もお稽古も楽しいわ」

充実しているんだなあ、ますます綺麗で花のように素敵な人。神様は二物を与えないというけれど、二物も三物も与えられた人なんだなあとお顔を見つめてしまいました。

「久美香がね、医学生なのよ。あの子が父の跡を継いでくれると思うの、本当に良かったわ」

妹の久美香ちゃんには、智美先生のご葬儀の時に会ったけれどあまり印象がないのです。むしろ三、四歳の時に髪の毛にピンクや赤の大きなリボンをつけて、お稽古のたびに、

「ねーたんと、ちんとんしゃんするの」

と皆に話していた姿が浮かびます。いつも乃梨香ちゃんのお稽古が終わると一緒に「ありがとうたんでした」とご挨拶をしていましたが、久美香ちゃんがお稽古している姿は見たことはありませんでした。

ふーん、皆大人になると変わるんだなあと思ったら、

「あの子、優秀で負けず嫌いなの。一浪して医学部に入ってくれたのよ。けんかして口をきかない時もあったけどいい子よ。父の性格を継いだのね。私は母に似て気弱で駄目な子なんだけれど」

驚きました。乃梨香ちゃんに一番ふさわしくない「駄目な子」という言葉。小さい時から私の憧れで、綺麗で頭が良くてお金持ちで、私の持っていないものを全部持っているのにどこが「駄目な子」なんだろう。そんなこと言わないで、と思ったら、

「今度は師範試験に一緒に挑戦できて嬉しいわ。名取なのでスタートは同じよ。頑張ろうね、凜ちゃん」

「こちらこそ、よろしくお願いします」

テーブルに可愛らしい重箱の器が運ばれてきました。女性向きのお弁当仕立てのメニューで、一段ずつ趣向をこらしたひと口サイズのお料理が入っていて宝箱みたい。

名取試験のお稽古時は、帰り道に乃梨香ちゃんからチョコレートをもらって食べたっけ。

あれから七年……あっという間だな。

色々思い出していると、乃梨香ちゃんの声。

「凜ちゃん、美味しそうよ。いただきましょうよ」

そうして彼女は白い美しい手で箸を取り、「いただきまあす」と箸を進めています。

「同じ土俵だからね、私たち。一緒に〝おっしょう（師匠）さん〟になろうね」

と饒舌な様子。〝駄目な子〟〝同じ土俵〟ポンポンと飛び出す乃梨香ちゃんの予想外の言葉。でも庶民的で愛らしい。

大人になったね、私たち。

もう高校生の時の名取試験のお稽古のように泣いたりすることもないだろうけれど（泣くかもしれないけれど）頑張る意味が違う。

おっしょう（師匠）さんになるんだ、私たち。

ちなみに、図書館の同僚に「おっしょうさんて知ってる？」と聞いたら、「お坊さんのこと？」と返されたのを思い出しました。

〝おしょ（和尚）さん〟じゃないよ、〝おっしょう（師匠）さん〟になるんだ。まあ、今さら〝おしょ（和尚）さん〟にはなれないけど、なんて一人でにやにやしてしまいました。

「楽しそうね、凜ちゃん」

「ごめんなさい、思い出し笑いをしてしまったの」

いきさつを乃梨香ちゃんに話し、また大笑い。こんな日を迎えるとは思ってもいませんでした。

一世紀百年の約四分の一、人生をコースのお料理にたとえるなら、まだまだ前菜で右往左往する私だけれど、今はこの時代を一生懸命目標に向かって頑張りたいと心から思ったのです。

そうして始まった師範試験に向けてのお稽古。

師範試験はお稽古もお金も大変でした。

お稽古も週三回、土日は智香先生にお世話になりっぱなしで、試験の課題は三曲。清元の「北州」と、女踊りと、子供向けを一曲ずつ。振りを覚えるのは当たり前だけれど、意味や身体の使い方、細かい向き、目の置きどころなど覚えることは山のよう。身体が覚えてくれるまで何度も何度もお稽古して覚えさせせる。もともと容量の少ない私にとっては大変なお稽古だったけれど、「北州」の吉原（江戸の遊廓）の部分で「おいらん」「まがき」「太鼓持ち（幇間《ほうかん》）」という言葉を伺った時、名取試験に向けてお稽古していた時に智美先生がおっしゃっていたなあと、先生のことを思い出してしまいました。

私と乃梨香ちゃんが師範になったら、智美先生は喜んでくれるかしら……。

「当然よ、頑張ってね。二人共私の大事な娘よ。踊りに向き合ってくれてありがとう」

ふと智美先生の言葉を感じました。空耳かな、私だけが感じた不思議な一瞬でした。

「北州」は大人の踊りだけれど、他の二曲は踊りわけ、「仁《にん》」を考えながら学んでいきました。女踊りは可愛らしく、子供の踊りは子供らしく、智香先生はすごいなあと思いました。私は一応女性でありますが、普段性別をあまり意識したことはないけれど、踊りの中では女性にも男性にも子供から老人にまでなれるのです。踊りのお稽古をしながら、智香先生には心得や人としての有り方（まあ、浅はかな二十四歳ですが）を教えていただきました。

大人になってから私の器量を生かし（たいした器量ではありませんが）指導してくださった智香先生。

控え目で、大人しいけれど芯の通った美しい先生です。ご縁をいただいて良かった。

名取試験で泣いていた高校生の時とは違い、それなりに年と経験を重ねたので少々のことではへこたれなくなりました。

大変だったけれどつらくはなく、日々のお稽古は楽しいものでした。〝おっしょうさん〟を目標に、大人の自分なりに頑張った日々でした。

智香先生は、私と乃梨香ちゃんを〝大切な預かりもの〟として接してくださいました。

少々窮屈だけれど〝大人〟として、丁寧に、時には対等にお話もできました。

コツコツと貯めたお給料やボーナスで師範試験の費用も何とか賄うことができました。

そうして迎えた試験の日。

緊張しながらも落ち着いて踊ることができ、家元に踊りの意味や、身体の使い方も教えていただけた幸運な日となり、

「いい先生になってくださいね。一生勉強ですよ」

とお言葉をいただきました。

そうして無事〝おっしょう（師匠）さん〟になった私と乃梨香ちゃんは自信を得て、それぞれの場所へ戻ります。

〝踊れる薬剤師さん〟の美乃さん（乃梨香ちゃん）と〝図書館司書〟と〝踊りの先生〟の私。

静かな日常に帰ります。

智香先生にお世話になって早四年、大変だった師範試験も通ることができました。

名取試験で泣いていた高校生の時とは違い、それなりに年と経験を重ねたので少々のことではへこたれません。幼児の課外教室でも色々な子たちがいたし、教えられたり教わっ

たり。

幼稚園でのお稽古には麻奈《まな》ちゃん、麻衣《まい》ちゃんという双子の姉妹が通ってきていました。二卵性なのであまり似ていないし、性格もかなり違い、よくけんかをしていましたが、おどりのお稽古には通ってくれていました。

その日もお稽古の後、いつも優しそうなお母さんが迎えに来られました。後からシングルマザーで二人を育てていて、好きなことだからと踊りの会費を捻出してくださったとか……頭の下がる思い。

踊りが大好きな男の子、優希《ゆうき》君は、何がきっかけかわからないけれど、赤ちゃんの時から歌舞伎のテレビが好きで、お家でも見得《みえ》を切るとか。振りを覚えられない女の子には、「こうだよ」と率先して振りを伝えてくれます。頼もしく、ほほ笑ましい存在です。

彼のご両親はスポーツをしてほしいそうなのですが、彼は見向きもしないで、歌舞伎を見たいと言うとのこと。本当に稀有な存在です。

思い出すと悲しくつらいのは、いつも明るく笑っていた明里ちゃんのこと。おどりの教室には一番先に通ってくれるのだけれど、会費が払えず、お稽古ができないのです。お稽

郵便はがき

料金受取人払郵便

新宿局承認

3971

差出有効期間
2022年7月
31日まで
(切手不要)

160-8791

141

東京都新宿区新宿1－10－1

(株)文芸社

愛読者カード係 行

ふりがな お名前		明治　大正 昭和　平成　　年生　歳	
ふりがな ご住所	□□□-□□□□	性別 男・女	
お電話 番　号	(書籍ご注文の際に必要です)	ご職業	
E-mail			
ご購読雑誌(複数可)		ご購読新聞 新聞	

最近読んでおもしろかった本や今後、とりあげてほしいテーマをお教えください。

ご自分の研究成果や経験、お考え等を出版してみたいというお気持ちはありますか。

ある　　ない　　内容・テーマ(　　　　　　　　　　　　)

現在完成した作品をお持ちですか。

ある　　ない　　ジャンル・原稿量(　　　　　　　　　　　　)

書　名			
お買上 書　店	都道　　　市区 府県　　　郡	書店名	書店
		ご購入日	年　　月　　日

本書をどこでお知りになりましたか?

1.書店店頭　2.知人にすすめられて　3.インターネット(サイト名　　)

4.DMハガキ　5.広告、記事を見て(新聞、雑誌名　　)

上の質問に関連して、ご購入の決め手となったのは?

1.タイトル　2.著者　3.内容　4.カバーデザイン　5.帯

その他ご自由にお書きください。

(　　)

本書についてのご意見、ご感想をお聞かせください。

①内容について

②カバー、タイトル、帯について

弊社Webサイトからもご意見、ご感想をお寄せいただけます。

ご協力ありがとうございました。

※お寄せいただいたご意見、ご感想は新聞広告等で匿名にて使わせていただくことがあります。

※お客様の個人情報は、小社からの連絡のみに使用します。社外に提供することは一切ありません。

■書籍のご注文は、お近くの書店または、ブックサービス(0120-29-9625)、セブンネットショッピング(http://7net.omni7.jp/)にお申し込み下さい。

古の日は、いつも先生がプレイルームに誘っていました。一か月ほど経って、園の費用も滞納されて退園されたとか……。園も課外教室もボランティアではないので当然のことだけれど、何も知らないように明るく振るまう彼女の笑顔を見るのはつらいものでした。

本当は明里ちゃん、お家の事情を知っていたかもしれない。彼女は強い子だから。

子供たちに踊りを教えるのが私の仕事だけれど、私は子供たちにたくさんのことを学ばせてもらっています。

私は彼らよりずっと年上だけれど、子供たちはひたむきに一生懸命にこの時を生きているのです。

恐らくは忘れてしまっただろう、私のあの時に出会っているのです。

私のちんとんしゃんの踊りの始まり、原点を見る思い。

あの時のへんてこりん（凜）の私とは違い、きらきらと輝き素直な美しい原石のような子供たち。

踊りは楽しいよ、素敵だよ、そして踊りを通して、ご挨拶や思いやりも学んでほしい。

子供たちとの時間は、私にとってもかけがえのない時間です。

園では、卒園式の前に年長児中心の課外教室の発表会「おゆうぎ会」が催されます。スポーツクラブの子たちは体操を、英語教室の子たちはミュージカル風にアレンジした英語劇を、ピアノ教室の子たちは小さな演奏会を。おどりの教室も枠をいただき、お稽古に力が入ります。

年少、年中の子供たちには「絵日傘」と「花嫁人形」、年長の子供たちには「菊づくし」と「梅にも春」、黒一点の年長児の男の子、桜田優希君には「雨の五郎」の後半、「やぶのうぐいす」の部分を踊ってもらうことにしました。皆、お稽古に励んでいます。そして子供たち以上にご父兄が熱い。見学するお母さん、お父さん方も増え、声援を送ってくださいますが、少々にぎやかすぎることも。

踊りはスポーツとは違うので、邦楽の曲の音やお囃子《はやし》の間《ま》を聞きとり、首を振ったり足拍子をしなくてはならないのです。

「○○ちゃーん、頑張ってぇ」

「おーい、○○ちゃーん」

と手を振り、声をかける父兄もいます。どうしたら静かに観てくださるかなあと考えて

いたら、黒一点の優希君が手を振っていたお父さんの所へ行き、

「すみません、静かにしてください。踊りの音が聞こえません」

と二言《ふたこと》、三言《みこと》。

「あっ、はい、すみません」

「お願いします」

と言うと、踊りの続きを始めました。

まだまだ若いお父さん、お母さんだけれども「老いては子に従え」かな。鶴の一声ならぬ勇気（？）いや優希の一声、すごいね、君は。

そうして迎えたおゆうぎ会。

まや先生にも手伝ってもらって子供たちに浴衣を着せます。女の子は髪をまとめて、リボンをつけて皆緊張の様子。

踊りの順番になり、年少・年中組の「絵日傘」が始まりました。短い曲です。間違えちゃった子もいたけれど、皆、逃げ出さずに、泣かずに踊れました、頑張りました。偉かったですよ。考えてみたら、おむつが取れて二、三年なのです。私が皆のお母さんなら嬉し

くて泣いちゃうだろうな。

少しお姉さんたちになった年長さんは落ち着いて「菊づくし」と「梅にも春」を踊り、後見を務めた私もまや先生も成長した我が子を見る思い。皆大きくなったなあ。

トリ（最後）は黒一点の優希君の「やぶのうぐいす」。

七五三の衣裳を借りて、紋付袴姿も凜々しく恰好いい。私も誇らしい。

緊張した面持ちだったけれど、君は大丈夫だよ、と肩をポンとたたき「行ってらっしゃい」と声をかけました。

「はい」と小さな声。踊りが始まりました。

〽やぶのうぐいす、気ままに鳴いて
順調です、お稽古で頑張ったね、間も取れているよ。

そうして踊りの後半にさしかかった時のことです。

あれ、あれ、どうしちゃったのお。

〽孝勇無双の勲《いさをし》は、現人神《あらひとがみ》と末の代も
優希君は立ちつくしてしまいました。仁王立ちの形から踏んだ後、振りを忘れてしまったようです。

すかさず近づいて、

「後ろに行って傘を取りましょう」

と声をかけました。

はっとした顔をして優希君は後ろを向きました。

すると、ようやく平常心を取り戻したようで踊り終えました。

幕が降り、優希君に声をかけました。

「緊張したのかな」

「頭の中が爆発しちゃったんだ」

思いもかけない返答に、なんて可愛いのだろうと抱きしめたくなりました。

そうだね、そうだね。君はまだ六年しか生きていないんだよね、歩き出してから五年だもの。皆の前で一人一生懸命逃げ出さずによく頑張ったね。

人生長いんだもの、色々あるよ。

無事（?）おゆうぎ会を終えた子供たち。それぞれの踊りの気持ちを抱いて次のステップに向かいます。残念ながらお稽古をやめてしまう子、続けてくれる子、おゆうぎ会の踊りを見て入会する子（ほとんどはご父兄のお気持ちのようですが）、そして卒園と同時にお別れする子、様々です。

あの優希君は、小学生になると私の自宅お稽古場に通いたいと申し出てくれました。お母さんが送り迎えをしてくださるとのこと、お礼を言うと、すかさず、

「この子、変わっているんですよね。男の子なのに踊りが好きで、家でも踊っています。先生、よろしくお願いします」

と腑に落ちないようなお顔でのご挨拶。

「こちらこそ、責任を持ってお稽古いたします」

私はへんてこ凜だったけれど、優希君は違う。何かわからないけれど、ふつふつと生まれる真っすぐなものを感じる。言葉に表せない、感覚的な匂いと器。六歳で感じる器なんておかしなものだけれど、育っていく過程でどう変化していくか自由自在で楽しみ。そんな私の思いは彼には全く通じず、彼は淡々と浴衣を綺麗にたたみ、後輩（？）にあたるまや先生と何やら楽しげに話していました。

子供たちの着替えを手伝い、その後、貸した浴衣ときれいに五角型にした腰紐をまや先生が持ってきてくれました。

私の常として紐は五角型にして仕舞うのだけれど、それをまや先生に教えたことはなかったので、

「まや先生、この紐は？」

と問いかけると、

「優希君に教わりました。それから、自分のお稽古着はきちんと風呂敷に包むんだよ、と言われました」

と、にこやかな笑顔。

恐るべし、六歳、桜田優希。君は何者。

ある日、久しぶりに真貴さんからご連絡をいただきました。共に中学時代に〝いじめ〟を経験し、見事に乗り越えた（？）同志なので積もる話も山のよう。

小学校での栄養士としてのお仕事の傍ら、ご自宅でお茶のお稽古もされているという。

「ねぇ、来月お茶会を開くので参加しない？」

「私ですか？　お作法もわからないし、失礼じゃありませんか」

「初心者の方も多いので気楽にどうぞ。凜ちゃんは踊りで正座にも慣れているし、お茶の作法は踊りの振りにもあるって言っていたでしょ。勉強にもなると思うわ」

そうでした。「鏡獅子」のお小姓弥生のお茶の作法としての袱紗《ふくさ》さばき、「時雨西行《しぐれさいぎょう》」で遊女江口が西行法師にお茶を点《た》てる動作など、まだお稽古したことはないけれど、お茶のお作法は絶対勉強になる筈《はず》。

「参加させてください。皆様にご迷惑をおかけしないように気をつけます」

真貴さんはくすっと笑って、

「お正客じゃないので大丈夫よ。見よう見まねでお茶を楽しんでね」

「ありがとうございます。よろしくお願いいたします」

そうしてお茶会では末席に加えていただき、緊張のうちにもいい時間を過ごさせていただきました。

お茶室には静かにゆっくりと時間が流れます。松風《しょうふう》というお湯の沸く音、茶筅《ちゃせん》でお茶を点てるサラサラという音、袱紗さばき、衣《きぬ》ずれ、どれもこれも美しい音で、茶室という非日常の空間での心地いい緊張と甘美な時間。食いしん坊の私は季節毎《ごと》に趣向をこらした美味しいお菓子も魅力で、たびたびお誘いを受けるようになりました。

お茶会とは別に、大切なお道具やお茶碗を見せていただくこともあり、本当に貴重な経験です。真貴さんはお茶室、私はお稽古場という空間で、それぞれの種蒔きをしているのだと思うのです。美しい花を咲かせるその時のために……。

師範資格を得て二年、智香先生のお浚《さら》い会が開かれることになりました。智美先生が亡くなって久しく、舞台で踊ることができるのは嬉しい限り……。

この日は、智香先生に、演目についてご相談させていただくことになりました。

「舞台料のこともあるでしょうけれど、ご自分が今踊りたい気持ちを考えながら決めましょうね」

と優しいお言葉をいただきました。

「はい」

「そして、悔いのないように」

「悔いのないように？」

もちろん、舞台で踊るんですもの。一生懸命頑張るのは当たり前です、と思った矢先に、

「少し長くなるけれど、いいかしら」

いつも口数の少ない智香先生の思いがけない言葉に驚いた私です。

「あ、はい」

「私が中学生の時、芳江さんは有名な私立女子高の生徒で踊りも上手で、綺麗で、憧れの存在だったの。そうして名取になられて」

同じです。智香先生が智美先生に抱いていた気持ちは、私が乃梨香ちゃんに抱いていたものと全く同じです。

「そうして、私が高校三年で名取になった時に〝香菜《かな》ちゃん、いつか『吉野山』を一緒に踊ろうね〟って言ってくださったの」

智香先生は少女のような面持ちで遠くを見つめていました。

「とても嬉しかったわ。憧れの芳江さんから声をかけられて、夢見心地だったわ。芳江さ

んが忠信で、私が静御前で『吉野山』を踊れるなんて。遠くない未来に絶対叶うものだと信じていたのよ、でもね」

智香先生のお顔が少しうつむき加減になりました。

「その頃には、芳江さんはお勤めされて婚約者がいらして。私も同じように短大、就職、結婚、子育てと忙しい時期が続いたのね、お互いに。十年以上疎遠になってしまったのだけれど、やっぱり踊りが好きなのね。私が子供相手に〝おどりの教室〟を始めた頃、ご連絡をいただいてまた一緒に踊りましょうよ、と言ってくださったの」

「いつ頃のことですか」

「五年ほど前かしら。『吉野山』の話もしたのよ、そうしたら半年ほど経って入院されて」

私が幼児教室の引き継ぎをしている、あの頃だ。

「何回かお見舞いに伺いました。そのたびにお痩せになって。何度か入退院されましたよね。桜の美しい時期にも伺ったのよ。少しお話もできたので吉野山の桜はどんな風《ふう》かしら、見たかったわとおっしゃって」

私は耳を塞ぎたい気持ちになりました。

「私の手を握って香菜ちゃん、ごめんね、『吉野山』を一緒に踊れなくなってしまったわ、約束を守れなかったわとお泣きになったの」

私は無言で泣きました。涙が頬を伝いどうすることもできません。

「私は励ますことにいっぱいで、的を射たお答えはできませんでした。そうしてそれが最後になりました、今も悔やんでいます」

智香先生は静かに涙を拭いていました。

「人生は有限です。大切な舞台ですものね、悔いのないように頑張りましょう」

「はい」

次のお弟子さんがいらして、智香先生は明るい声で、

「こんにちは。お仕事お疲れ様」

と迎えていらっしゃいました。私もご挨拶を済ませ帰路につきました。

ベッドに入っても「悔いのないように」「吉野山」二つの言葉が頭から離れず眠れません。同時に心の底から「吉野山」の忠信を踊りたいと思いました。そうであれば、静御前は乃梨香ちゃん以外考えられません。来週の火曜日のお稽古日にお話ししよう……受けて

くれるかしら。私と踊ってくれるかしら。様々な思いがかけめぐり〝草木も眠る丑《うし》三つ時（午前二時頃）〟、ようやく眠りにつきました。

草木も凜《りん》も眠る丑《うし》三つ時から酉《とり》四つ時（午前七時頃）に起き始め、寝グセも直さず朝ご飯も食べられずギリギリセーフで勤務先の図書館に着きました。

目の下はクマのひどい顔……。でも心は、桜の咲き乱れる吉野山の舞台を想像し浮き立つようです。

そうして来週の火曜日が待ち遠しい限りです。

そんなある日、栄養士としてご自分の夢に向かって歩んでいる真貴さんからご連絡をいただきました。今は学校給食の献立を考えたり、調理をしたり「楽しいのよ」とのこと。

「ねえ、凜ちゃん。ご馳走するから家へ来ない？」

「えっ、いいんですか」

「私、仕事もお料理も大好きなのだけれど、家族以外私の料理をちゃんと食べてくれる人いないのよ。二十五歳なのに彼氏もいないし。私の料理、食べてくれない？」

「喜んで。ありがとうございます」

「じゃあ、来週の日曜ランチで。予定ある？」

「いいえ、私も真貴さんと同じなので」

「はぁ？」

「彼氏いませんし」

真貴さんの明るい笑い声が電話を通して伝わります。多かれ少なかれ中学時代に〝いじめ〟を経験した私たち。その時を乗り越え、大人になり笑い合える日が来るんだな。人生はなかなか捨てたもんじゃない。楽しまなくちゃ。そうして、そこそこの公立高校だったけれど良いご縁に恵まれて良かった、と電話を切った後も嬉しさを反芻《はんすう》する私でした。


待ち遠しかった火曜日です。少し早目にお稽古を終えた私は、乃梨香ちゃんのお稽古を待ち、お茶に誘うことにしました。

「来年の智香先生の会で乃梨香ちゃんは希望の演目、ありますか」

乃梨香ちゃんは綺麗な指でストローをもて遊びながら、

「ううん、来年ねぇ」

と何となく気のない返事でした。

「あのねぇ、乃梨香ちゃん」

と私が切り出した矢先に、

「凜ちゃん、私、結婚するの」

ええっー、予想外の結末でした。一緒に吉野山を踊る夢が崩れそうでした。乃梨香ちゃんのおめでたいお話なのに、私にとってはお祝いできない心境です。

「相手の人は五歳上の医者で、将来父の病院を継いでくれるの。結婚式は来年の六月なの、凜ちゃん、来てね」

「あっ、はい」

「智香先生の会が四月で良かったわ。独身最後の舞台になるわ、ねぇ、凜ちゃん、私と一緒に踊ってくれない?」

落胆したり喜んだり短い時間に私の思考は落ち着きません。ようやくの明るい隙《きざし》に、

「もちろんです。ありがとう、乃梨香ちゃん」

と、ことのいきさつをお話しし、「吉野山」を踊ることの承諾をいただきました。

「来年になると、式や新居の準備で忙しくなると思うけれど、私、頑張るね。凜ちゃんと一緒に踊れるなんて嬉しいわ、『胡蝶』以来ね」

そう、魔法にかかった「胡蝶」以来です。あれから十五年ほどの歳月が経っていました。

事のいきさつを智香先生にお話しして、私と乃梨香ちゃんは「吉野山」のお稽古に入ることになりました。

智香先生は大変喜んでくださって、

「嬉しいわ。智美さんと私が叶えられなかった夢が叶うわ。こんなに嬉しいことはないわ。二人共ありがとう。お稽古頑張りましょうね」

先生は少し頬を赤らめて、我が事のように喜んでくださいました。とても大切に思ってあたためていらした演目なのだと感じました。

そうして智香先生に、「いつか『吉野山』を踊られるのですか」と伺いました。

「そうねえ」

智香先生は小さなため息をついて、

「『吉野山』はあちらの世界で智美さんと踊ると決めているの。でもねぇ、私がうんと長生きしてしまって、皺くちゃのお婆ちゃんになってしまったら、智美さんに言われてしまうわね、香菜ちゃん、ずい分お年の静御前だわって。それとも一緒に踊るのは嫌よっておっしゃるかしら」

と少女のようにはにかみました。そして、

「はい、私の話はおしまいです。お稽古に入りましょう」

とお扇子を持ち、乃梨香ちゃんのお役である静御前の花道の出のお稽古が始まりました。私は途中、花道スッポン（七三のセリ）からのお稽古をしていただき、二人共いい疲れと充実感で帰路につきました。


二十四歳なのにデートをしたことがなく、仕事と踊りに明け暮れる私に、日曜日の予定があることに、両親共大喜びでした。

結局、女性の友人からのご招待と伝えると、

「お兄さんいらっしゃるの？」

とか、

「どんなご縁があるかわからないのでお行儀良くしなさいね」

とか。

私、もう二十四歳ですよ。へんてこ凛かもしれないけれど、それなりに仕事も踊りも頑張っていますよ。お行儀だって悪い方じゃあないですよ。と不満だらけだけれど、口には出さずに出かける用意をしていると、両親共満面の笑顔で送り出してくれました。

笑顔は気持ちがいい。

私も口角を上げて「行ってきまーす」と応えます。


我が家からゆっくり歩いて約三十分。途中、私の好きな黒松のどら焼きを手土産に買い、真貴さんのお家に着きました。

静かな住宅街の中でもひときわ目立つ大きな長屋門のある真貴さんのお家、門から見えるお茶室の茅葺きの屋根、本当に異空間で素敵なお家です。

チャイムを押して真貴さんを待ちました。

「あっ、誰？」

背が高く、髪がぼさぼさで汚いトレーナー姿のおじさんが出てきました。

えっ、真貴さんのお宅の掃除のおじさんかな、と思い、自分の名前と真貴さんを尋ねた旨を話すと、

「おーい、真貴、友達来たよ」

の大声。真貴さんの「はーい」の返事と入れ替わりに、そのおじさんはお家の中へ入っていきました。えっ、今の人、真貴さんのお身内、誰？　と考えをめぐらせていると、

「ごめんね、デザートに手間取っていて気づかなかったの。ようこそ、凜ちゃん」

と美しい真貴さんがエプロン姿で迎え入れてくれました。

「お久しぶりです、お招きありがとうございます。夢に向かって進んでらしてすごいです」

「貴女こそ、踊りの〝おっしょうさん〟になってすごいわ」

と、二人で笑い合い、お部屋に通されました。

あら、リビングなのかしら。テーブルと椅子、ソファはすべて白に統一されていて、テーブルクロスとクッションは緑色、花柄とセンスのいいお部屋、素敵。

「あっ、いつも和室でしょ。ゆっくりおしゃべりしたいから今日は客間なの、驚いた？」

「はい、素敵なお部屋ですね」

「あっ、真貴これ俺の分？　持ってくね」

さっきのおじさんだ。無造作に重箱を持って奥へ消えていった。

誰、誰。頭の中に〝はてな〟が充満している時、

「兄なの、歳が八《やっ》つもはなれているからもうおじさんよね」

そうですね、とも言えないので穏やかに笑顔で返して真貴さんの手料理をいただきました。黒と赤の市松模様の重箱に美しいお料理の数々。

「松花堂風のお弁当よ。召し上がれ」

「いただきます」

ゆりねの煮物、海老しんじょ、胡麻豆腐。どれも料亭でいただくほど（あまり行ったことはないけど）美味しくて感動してしまいました。そうして山菜を日光の湯波《ゆば》で巻いたも

のに黒い粒がのっている、何これ、もしかしてキャビア？　なんて眺めていたら、

「山菜はわらび、黒い粒はキャビアじゃなくてとんぶり。母の故郷の秋田から送ってもらったの、あ、このお椀の中のじゅんさいもね」

あ、このぬるぬるした海藻みたいなお椀に浮いていたのね。つるんと喉ごしがよくお腹に入っちゃって味がよくわからなかったけれど。でもお料理で感動して、会話がはずみ、その土地の物を味わうなんて初めての経験でした。そのことを率直に真貴さんに伝えると、

「凛ちゃん、ありがとう」

と真貴さんに抱きしめられてしまいました。

「それが私の目指していたものなの。ご飯はただお腹を満たすだけではなく、食材や料理の仕方で感動や喜びを与えてくれるの。そうして生産者の想いや土地を知ることに繋がってくれる。東京は大都市で多くのものが手に入るけれど、本当は地方が支えてくれることにもっと謙虚にならなくちゃ、ね」

この人は本当に二十五歳なのだろうか。

高校生の頃からしっかりした大人の考えを持つ人だったけれど、図書館の同僚も上司で

さえも毎日いっぱいいっぱいに過ごしているように感じる。そう、私も。

「あのね、給食は限られた予算でカロリー計算と献立を考えるから悩ましいことも多いのよ。子供たちの嗜好もあるしね」

「思考ですか」

「嗜好よ、好みのこと」

そうしてまた大笑い。デザートの卵プリンは濃厚な卵の味に甘味とさわやかな酸味のきいたブルーベリーのソースをのせて素晴らしく美味しい。

「地産地消よ。東京でもこんなに美味しい卵とブルーベリーを作れる農家さんがいるの、多摩の方だけれどね。素晴らしいでしょ」

「はい」

食べることに夢中になってしまい、空返事《から》をしてしまいました、申し訳ないけれど。

「そういえば」

真貴さんがクスッと笑いました。高校生の時と変わらない美しい笑顔で。

「学生の時、学校給食の献立の実習があってね。初めてだったので分量を間違えてしまったの。担当の栄養士の先生が関西から来たばかりですごい大阪弁で貴女の名前を呼んだのよ」

「私の」

「そう、志保田凛。しおたりーん（塩足りーん）て」

そしてまた大笑い。大人になると楽しい。智美先生が亡くなった時は悲しくてつらかったけれど、智香先生が支えてくださった。中学生の時のいじめも、女子高に落ちたのもつらかったけれど、身の丈の高校で真貴さんと出会い、こうして笑い合える日は何事にも代えがたい。そして身体の成長は止まってしまったけれど、心はどんどん成長していくように思えました。

美味しいお料理と楽しいおしゃべりで充実した一日でした。手土産の黒松のどら焼きはご家族の皆様が好物だそうで良かった。私は満たされた気持ちで帰路につきました。

吉野山のお稽古を始めて四か月、私は二十五歳になりました。二十歳を過ぎてからの誕生日はただ焦るばかりで、何に焦っているかと言うと「こんな大人でいいのだろうか」

「こんな踊りの先生でいいのだろうか」「こんな図書館司書でいいのだろうか」と自問自答し、答えの出ない問いかけで頭の中が充満するようでした。忠信の踊りにも身体がついていけないない自分が情けなく、課外教室の子供たち、とりわけ小学生になった桜田優希君とまや先生——桜井真弥先生には、私なんかが踊りを教えて申し訳ないと思うこともありました。

智香先生も私のお稽古で心の乱れを察したご様子で、お稽古はあまり深く行わず、

「少し、心の整理をしましょう。落ち着いてね」

と優しくおっしゃってお稽古は終わりました。高校時代の名取試験のお稽古が蘇り、着替え室で声を押し殺して泣くことはありませんでしたが、深いため息と頬を伝わる涙が自分の器の小ささを再確認するようでした。

今年もあとひと月……と、考えのまとまらぬままに二か月も過ぎてしまいました。静御前の踊りの振りを覚えた乃梨香ちゃんから声をかけられました。

「ねぇ、凛ちゃんクリスマス、空いてる?」

「あっ、はい」

「良かった。二人でディナーしない？」

「あっ、嬉しいけれど乃梨香ちゃん、婚約者の方がいらっしゃるのにいいんですか」

「彼、その日は当直なのよ。父もそうだったけれど、約束事って難しいのよね、医者って。まあ、わかって結婚するので不満はないし、彼はいい人だし」

「ご馳走様」

「あっ、やだ。聞かしちゃった？」

笑いながらクリスマスディナーの約束をしてお稽古場を後にしました。笑ったのでわけのわからないつらさからも少し解放されたようで足取りも軽く感じられました。


乃梨香ちゃんのお家で行きつけのフランス料理のお店でお食事をしました。思ったより小さいお店でしたが、白壁に百合の花を型取ったシャンデリア、クリスマスツリーも飾られて素敵な雰囲気でした。

「ここの牡蠣のコキーユ、美味しいのよ。冬だからポトフもいいよね、凛ちゃん私にまかせて」

「はい、私、よくわからないからお願いします」

乃梨香ちゃんは慣れたように注文をしてからテーブルにリボンのついた包みを置きました。

「はい、凜ちゃん、クリスマスプレゼントよ。開けてみて」

「えっ」

「貴女の器よ」

私も乃梨香ちゃんにプレゼントの用意はしていましたが、手作りのコースターとランチョンマットです。ペアでしたが何だか気後れしてしまいました。

「貴女の器よ」と言われたプレゼントの中には青磁の花瓶が入っていました。深い瑠璃色で口は細く三角錐《すい》の型で個性的なデザインです。

「大きい器ではないけれど、深い海のようで一生懸命で唯一無二、それが凜ちゃんよ」

私は泣きそうになりました。大きくないけれど一生懸命の言葉が心にささります。そう、それが私なのです。私はこの器のように美しくないけれど私は私、唯一無二。私以上にも私以下にもなれない。でも私以上になりたくてもがいている。

前菜のお皿が運ばれてきました。

「あっ、凛ちゃん器をこの紙袋にしまって」

「あ、はい」

それからは美味しいお料理と乃梨香ちゃんの婚約者のお話で楽しい時を過ごしました。

最後に可愛らしいブッシュドノエルのクリスマスケーキが運ばれ、フォークを入れた時、

「ねぇ、凛ちゃん。十年後に二人で踊りの会をしましょうよ」

「会ですか」

「そう。今は無理だけれど。貴女のお弟子さんや私の将来の子供や、私もいつかお弟子さんに教えてみたいし。凛ちゃんも子供を持つかもしれないでしょ。十年経ったら私、三十六歳、いいおばさんよ。でも夢を持つって素敵なことだし」

「素敵です、乃梨香ちゃん。私頑張ります」

何だか目の前が明るくなった気がしました。目指すべきことが明確になると人の気持ちは前向きになれるのです。何で気付かなかったのでしょうか。

「会の名前、何にする、凛ちゃん」

「名前ですか」

「二人会《ににんかい》では少々味気ないしね」

ケーキを食べ終える頃、乃梨香ちゃんが口を開きました。

「決めた、ゆりの会。乃梨香のり、凛ちゃんのり、二つでリリィ、踊りの紋、百合の花よね、だから〝ゆりの会〟」

「いいですね」

「偶然だけれど、このお店の名前の『リスブロン』は、フランス語で白百合のことよ」

「それ、偶然ではなく必然です」

二人で笑い合った後お店を出ました。心に残る聖夜でした。帰り際に渡した手作りプレゼントを乃梨香ちゃんはとても喜んでくれて、

「ありがとう、凛ちゃん」

と抱きしめてくれました。

あの頃と変わらない、いい香り、私も嬉しいです、乃梨香ちゃん。器、大切にします。ありがとうございます。この姉妹弟子の乃梨香ちゃんは私を支えてくれて、私の憧れで、

追いつけない、かけがえのない人だと痛感した聖夜でした。

　自分を認めることで何かが吹っ切れたようで、年が明けてからの私は、ただひたむきに仕事をし、踊り、教え、〝ゆりの会〟のことだけを考え、四月の智香先生の会を迎えました。

　小学生になった踊りの大好きな桜田優希君も小曲で、桜井真弥先生も「都鳥」で舞台を務めることとなり、二人の踊りを見届けて私も支度に入りました。

　すでに支度を終えた乃梨香ちゃんこと美乃さんの静御前は、息を呑む美しさでした。この静御前を守るためには命もいとわない、と、歴史の史実が頭をよぎり、無我夢中で踊りました。

　真貴さんもいらしてくださいました。背の高いスーツ姿の素敵な男性とご一緒だったので恋人だと思い、

「今日はありがとうございます。真貴さん素敵な方とご一緒で羨ましいわ」

「こちらこそ素晴らしい踊りをみせていただいて感動しました。おめでとうございます。

凛ちゃん、素敵な方じゃないわよ。兄よ。今日ぜひ来たいというので、連れてきちゃったの」

「大木亮介です」

えぇー、あのぼさぼさおじさん？〝馬子にも衣裳〟の諺が頭に浮かび愛想笑いをしてしまいました。

私と乃梨香ちゃんの「吉野山」は、四月の満開の桜の時季に幕を下ろしました。

二か月後、乃梨香ちゃんは優しそうなお医者様と結婚なさいました。ウェディングドレス姿は本当に美しくて、私が泣きたいくらいでした。

それから一年後の秋に桜井真弥先生が、三年後の春には真貴さんまでもが結婚し、私は一人残されました。もう私を抱きしめてくれる優しく美しい人たちは私のそばにはいません。

三十歳になり、どう生きていこうかと暗中模索をしている頃、図書館の勤務中に携帯電話の着信音が鳴りました。トイレに駆け込み電話を受けました。母からでした。

「あ、お母さん、仕事中は駄目だよ」

「凜、お父さんが会社で倒れたの。お兄ちゃんは地方公演で来られないから貴女、病院に来てくれない？」

「えっ、お父さんが」

病院を聞き、検索して図書館に早退の承諾を得てから、急いで駅に向かいました。最寄り駅からタクシーで病院に向かい、父のいる病室に着きました。そこは集中治療室でした。

「あ、凜」

お母さんが充血した目で私を見つめ、「お父さん、心筋梗塞なの」と弱々しい声で話しました。

父の身体は多くのチューブで繋がれ、モニターに波形が流れていました。医療ドラマで見たのと同じ景色、無機質な病室、アルコール消毒薬の匂い、機械音。息苦しい空間の中に父はいました。ただ静かに眠っているようでした。

そして二週間後、眠りの延長のように静かに父の呼吸が止まり、心臓が止まり、モニターには横の線が続くだけで耳障りな機械音が流れます。

同じ頃に東日本大震災があり、世の中は大変不安定な状況でした。東北は大変な被害で価値観さえも変化してしまう混沌とした事態で、毎日暗いニュースが流れていました。

医師が父の傍らで時刻を告げ、看護師さんたちがチューブをはずし、私と母は病室の外で父の退院準備を待ちました。生きて帰るのではなく、亡くなって我が家に戻るのです。

東北は厳しい時期でしたが、母の弟の正樹おじさんが来てくれて、葬儀の手配をしてくれました。

けれど東京の端の区域に住んでいたので、葬儀会場も〝計画停電〟の対象となり、葬儀の日取りも決まらぬまま、七日も経ってしまいました。

十日後、ようやく父を見送りましたが、何も考えられず、あまりに突然のことだったので悲しむことさえ忘れてしまいました。

お父さんが小さい箱の中に納まって、ようやく思いきり泣いて悲しんで、悔やんで、主《あるじ》のいない我が家の広さを感じました。淋しい。

お兄ちゃんも震災で公演が中止となり、私とお母さんに寄り添ってお父さんを見送りました。

「震災でつらい思いをしている人が多いところ申し訳ないけれど、役者は親の死に目に会えないって言うけど、俺は立ち会えて良かった。……でも早すぎるよ。俺がもう少し歌舞伎公演で頑張っているところを見てほしかったな」

そう言い残して、お兄ちゃんは歌舞伎のお仕事に戻って行きました。お兄ちゃんの言う通り震災で多くの方たちがつらい状況にあるので、お父さんの死を家族で見送ることができて良かったのだと思いながらも、毎日悲しみと淋しさでただ泣くことしかできませんでした。

そんな時に真貴さんから、

「このたびは大変でしたね。落ち着かないこともあると思うけれど、お役に立てることがあったら遠慮なく知らせてね。兄も私もとても心配しています」

とメールが入りました。

優しい言葉に涙があふれ出しました。

しばらくして状況が少し落ち着き、私も仕事に戻り、踊りのお稽古を再開しました。人生って何なのでしょう。私はまだ三十年しか生きていないけれど、優しい家族に囲まれて、大好きな踊りに出会えて、素敵な友人と過ごし幸せだったのに、それに気付きもせず、親孝行もできずにお父さんを見送ってしまいました。

名取試験やお浚い会の費用も工面してくれたのに、親孝行の真似事もしていませんでした。

お母さんが落ち込んでいる私に、

「凜、親ってね、子供が生まれてきてくれたことが何よりの幸せなのよ。貴女の初舞台や名取になったこと、お父さんも私もとても嬉しかったわ。『吉野山』も素敵だった。楽しい夢をみさせてもらってお父さん、きっと〝あちら〟の世界で自慢の子供たちのことを話していると思うわ」

と饒舌に話し、

「私はもう少し〝こちら〟の世界で色々と楽しませてもらうけどね、孫も見たいし」

そう言うと、そして何事もないように夕飯の支度を始めていました。

お兄ちゃんが私に婚約者を紹介した頃、あろうことか私はあの〝ぼさぼさおじさん〟とお付き合いを始めました。

そう、真貴さんのお兄さんの、第一印象のおそろしく悪い人でした。

真貴さんの〝いい人なのよ〟という口添えにのせられて。製薬会社で細菌や遺伝子の研究をしているそうで、私にはちんぷんかんぷんの話を、一人で楽しそうに話してくれました。

二人でよく動物園や水族館に行きました。いつも研究室で仕事をしているので、外で日光を浴びたり大きな動物や魚を見たりするのが好きだと言っていました。子供のような、本当に〝いい人〟でした。

動物園に行った時には、象だ、カバだとはしゃいでいて、

「おお、キリンだ！」

と、大声で感動し、動物たちを見上げていました。

うん、おおきりん……大木凜。彼の名前は大木亮介……お父さんがもし私が男の子なら付けていた亮介の名前。真貴さんと大笑いした〝しお、たりん〟……志保田凜から〝おお、きりん〟……大木凜になるかもしれないと意識しはじめて、三か月。

私は〝大木凜〟になりました。すでに結婚したお兄ちゃんは年上の弟ができたと喜んでくれましたが、二人共背が高いので、後ろから見ると本当の兄弟のようです。

ここにお父さんがいたら嬉しかっただろうな……叶う筈のない想像をしながら、お母さんから聞いた〝楽しい夢〟の言葉を反芻します。

子供たちに〝楽しい夢〟を見せてあげることが私の天職なのかもしれない。師範試験で家元からいただいた〝いい先生になってくださいい、一生勉強ですよ〟の言葉が蘇ります。

結婚を機会に図書館司書を辞めて、週二回自宅で踊りのお稽古と幼児教室の仕事を掛け持ちし、日々に追われて、翌年には子供を身籠もりました。

初めての経験です。いわゆる五か月を過ぎてからは私の身体ではなく、母になる身体に変化していきます。膨らんでいくお腹に加え、ポンポン、バタバタと内側から私の皮膚に感ずる胎動、自分の身体に小さな生き物が育っていく感覚はカンガルーを連想させました。

すでに二児の母となった乃梨香ちゃんや、昨年子供を産んだ真貴さんからも様々なアドバイスをいただき、子供の誕生を待ちました。

残暑の残る九月半ばにその日を迎えました。前日からの陣痛で眠れぬ夜を過ごして、うつらうつらと朝になり、お母さんが言った〝肉が裂ける〟ような体験をして、ようやく男の子を産みました。その後はしばらく意識がなく、三日間を経て、ようやく我が子と対面しました。私は赤ちゃんを産んだ後に〝弛緩出血〟という状態になってしまい、輸血と点滴で生還したのだと後で看護師さんから伺いました。

目覚めたらお母さんと亮介さんは大泣きで、初対面の赤ちゃんも真っ赤な顔で泣いていて、生還した（?）私はただただ面白く三人の顔を眺めていました。

「凜、良かったぁ。生きててくれてぇ」

「凜ちゃん、大変だったね。大きな男の子だよ、いい子を産んでくれてありがとう」

「オンギャア、フムフム」

賑やかな合奏のような三者三様のフレーズが心地良く私の耳元に響きました。

「オンギャア、フムフム」の男の子は貴登《たかと》と名付けました。貴登が生後六か月を過ぎた頃、私は踊りの仕事に戻りました。

貴登が産まれてきたことで私と亮介さんは親となり、家族となりました。すべてが初めてで新鮮で驚きでした。

お座りができた六か月頃に、クッションを背もたれにして遊ばせて夕食の支度をしていたら、貴登がわおわお泣き始めました。なんだろう、と見に行くと、クッションがはずれて仰向けになりおもちゃが取れなかったようでした。ハイハイができるようになった時には床に落ちていた小さなボタンを呑んでしまって、下から出てきたこともありました。様々なハラハラドキドキを繰り返し、一歳の誕生日を迎えました。大きな男の子だったので抱っこをしていた私が腱鞘炎になったり、お誕生日にいただいた可愛らしい靴は、歩き始めた時にはすでに入らず、お友達に差し上げたりと、本当に忙しく楽しく子育てをしました。

貴登が三歳になり幼稚園の年少組に入ると、私は踊りに向き合う時間が多くなりました。名取になった桜井、いえ森田真弥先生もお子さんが小学生となり、私を手伝ってくださいました。週二回の幼児教室の他、実家で月六回のお稽古をしながら、充実した日々を過ごしていました。

私はやっぱり踊りが好きなんだ。〝この道より我を生かす道なし〟と、自分の指針として生かしていこうと思いながら、三十五歳を迎えました。幼児教室の園児たちは卒園と同時にお別れすることが多く、智美先生から〝踊りの種蒔き〟を受け継いだ者として、申し訳なく思うこともありました。

〝木を見て森を見ず〟ではないけれど、〝種を蒔き、葉を見ず〟の感覚でした。

年少組からお稽古を始めた園児たちは、年長組になると小さな葉っぱのような成長を見せてくれますが、一年足らずの園児たちはまだ芽が出る前の段階です。種を蒔きっぱなしのようで悩む時もありましたが、

「貴女はよく頑張っていると思うわ。種を蒔くことが基本よ。子供たちに〝おどり〟を楽しんでもらって、いい思い出ができればそれが何よりよ」

と智香先生が励ましてくれました。

「貴女は貴女。貴女らしくね」

身の丈ということでしょうか。自分の器の小ささに嫌気が差しながらも、私のような者

を〝せんせい〟と慕ってくれる園児たちや私より年上のお弟子さんに対する責任感で、器を大きくしなければと葛藤し、悶々とする日々を過ごしました。

貴登を母に預けてひたすらお稽古に励むこともありました。舞踊協会公演の出演や他流の方々と組むこともあり、時には智先生にお稽古を見ていただくこともありました。

智先生はいつもにこやかで、

「その振りは柔らかく、ゆったりと」

「ここは強い気持ちで踊りなさい」

とおっしゃって、一緒に踊るわけではなく、美しい手で振りをなぞってくださいます。

本番を控え、智先生に見ていただく最後のお稽古日になりました。

お稽古が終わり、ご挨拶をすると、

「美生さん、しっかりお稽古したのだから〝ここ〟で踊りなさい」

と、胸に手を当てておっしゃいました。

胸、ここ、こころ。

そうだ、私には〝こころ〟が欠けていたのです。型や身体の使いは何度もお稽古して身体に覚えさせたけれど〝こころ〟は自分の問題です。頭でっかちになりがちで〝こうあるべきだ〟と優等生ぶった考えの自分が恥ずかしくなりました。

何の知識もなかった中学生の頃の私が、言葉にすることもためらわれた心の震えを覚えた智先生の踊り。私は智先生の足元にも及ばないけれど、心を込めて踊らなければ〝踊り〟に失礼です。子供の時に楽しく踊っていて心が沸き立つような喜びを感じた頃を思い出しました。智美先生に踊りを習い、ただただ無心で一生懸命踊った「胡蝶」。様々な想いが渦巻いて胸がいっぱいになりました。

「ありがとうございました」

智先生の言葉に目が覚める思いでした。

でも、〝こころ〟だけじゃない。形が整うと気持ちが変わります。よく言われる「形から入る」ということです。形から入る日本の芸能は、形を知り、身体の使い方を習得することで魂〝こころ〟が入ることも理解できるようになりました。

考える間もなく身体が動き、見るべき場所（目線）を見て行くべき所へ身体を持っていければその「役の人」になれる気がしました。

「心技体」の三位一体を感じます。

その日から私の中の〝何か〟が変わっていくようでした。

一人っ子の貴登は亮介さんに似て体格が良く、おっとりした性格の子でした。口数も少なく、幼稚園の先生から伺って、やっとお友達とけんかしたことや怪我をしたことを知る次第で、私は至らない母だと感じていました。お母さんや亮介さんに相談すると、

「話したいことがあれば自分から話すから大丈夫よ」

「性格だよ。僕もあまり話し上手じゃなかったけれど、あまり心配いらないと思うよ」

といった返事。

それでも貴登は、嬉しい時はニコニコと私にくっつき、何か嫌なことがあれば「いらない」「やだ」「わかんない」と何を尋ねても不機嫌な返事。実は、子供の頃の私にそっくりだったようです。お母さんは、

「凜が小さい時を思い出すわ。面倒臭くてわかりづらくて、お兄ちゃんと全く違って私も悩んだけれど、お祖母《ばあ》ちゃんのお陰で救われたの。私も〝いいお祖母ちゃん〟だから救ってあげるわよ」

と私に話し、

「貴登君はいい子、いい子。宝物の宝物」

と貴登を抱きしめます。

「なぁに、おばあちゃん。たからもののたからものって」

「お祖母ちゃんにとって、優君と凛ちゃんは宝物なの。貴登君はお母さん（凛ちゃん）の宝物だから宝物の宝物よ」

「ふうーん」

三歳児がどれだけ理解したかわかりませんが、私の何かが変わりました。

かつてお母さんが私を愛しい気持ちで育てていこうと決めた時と同じ気持ちです。私も心を込めてこの子を見守ろうと決めました。

「凛ちゃん、元気？　子育て、楽しんでいる？」

SNSでやりとりしていた乃梨香ちゃんから、久しぶりの電話です。

明るく優しい声、やはりこの人は私の憧れだ。

「下の子が今年から小学一年生よ。早いものよね、凜ちゃん、私三十六歳になっちゃったわ」

「えっ」

「〝ゆりの会〟の準備進めてね。上の娘は小学三年生よ。私たちの会で舞台に立たせたいの」

すっかり忘れていました。「吉野山」のお稽古であれほど落ち込んだ私を救ってくれた〝ゆりの会〟のことを。そう、もうあれから十年が経っていたのです。

「そうか、のんちゃん、三年生になったんですね」

「ええ、一年生から美弥《みや》先生にお世話になって丸二年、早いものね」

乃梨香ちゃんは希美《のぞみ》ちゃん、翔《かける》君という一男一女に恵まれ、お医者様のご主人を支えています。長女の希美ちゃんは、名取の〝美弥先生〟になった真弥先生がお稽古をつけています。乃梨香ちゃんと真弥先生は小学校の同級生でした。子供たちが同じ幼稚園の、いわゆる〝ママ友〟で、それも希美ちゃんが踊りを始めるきっかけになったのだと話してくれました。

「私ねぇ、希美が幼稚園の年長の時に、あみだくじで当たってしまって役員になっちゃったのよ、そういうの、避けてきたんだけれどまぁ仕方ないわよねぇ」

「そうですねぇ」

「翔も年少組に入ったから、幼稚園へのご恩返しかなとも思ったし」

　乃梨香ちゃんは普通のママの会話をしているのに、容姿が美しい人が穏やかに話すことで優雅に聞こえます。

「そしたらねぇ」

　楽しそうに笑う乃梨香ちゃん、何、何。

「役員とサポート役員が必要なんですって。そしたら真弥さんが立候補してくれたの。それで思い出したの、六年生で関西の方へ引っ越した女の子のこと」

「美弥先生のことですか」

「そうなの、彼女は私のことを覚えていてくれてね。お話ししたの。私、子供の頃〝のんちゃん〟って呼ばれていたのよ。彼女が〝お久しぶりです、のんちゃん〟って挨拶してくださったらね」

　乃梨香ちゃんは楽しそうな様子です。

「希美がね、〝はじめまして〟って深々とお辞儀したの」

　そうか、乃梨香ちゃんも娘の希美ちゃんも〝のんちゃん〟なのだ。

「真弥さんが希美に〝お辞儀がとても上手ですね〟って誉めてくださったの。娘はそれがとても嬉しくて、真弥さんが踊りの先生をしているのを伺って、ぜひお稽古したいって。そういういきさつなの」

「乃梨香ちゃんは教えないんですか？」

「身内は駄目ね。厳しかったり甘かったり、客観的に見られないし、希美も反発するしね」

「そうなんですか」

「真弥さんの息子さん、望《のぞむ》君も彼女と同じで穏やかで優しいのよ。時々彼女とランチすることもあるし」

　わぁ、楽しそぉ。食いしん坊の私としたらメニューも気になるところです。

「お家で美味しいお好み焼きやタコ焼きもご馳走になったの。青のりやソースだらけになっちゃって」

えっ、嘘。そんな乃梨香ちゃん想像できない。

「子供たちもお呼ばれして、楽しかったわ。私、凛ちゃん以外にあまり同年代のお友達がいないから嬉しかったの」

　こんなに綺麗な乃梨香ちゃんがお友達がいないなんて意外だけれど、お医者様の家庭に育って、お医者様の奥様でとびきりの美しさ……高嶺の花……そんな言葉が頭に浮かびました。

「私、誤解されやすいのよね。でも人間って必ずご縁がある人とはめぐり合うものよ。踊りをしていて良かったわ。凛ちゃんにも真弥さんにも出会えて私、幸せよ」

　乃梨香ちゃんの口から、私のような者に出会えて幸せなんて……嬉しくて涙が頬を伝いました。涙声は伝わるらしく、

「えっ、どうしたの。私何か嫌なこと言ったかしら」

「いいえ、私、嬉しくって」

しばらくしてから、「真弥さんの息子も〝のんくん〟よ、三人のNの面倒を見てくださって、彼女大変ね。『まあやあ（真弥）』って言っているわ」と大笑い。

「泣き虫ね、凜ちゃん」

ご縁というものは不思議だけれど、必ずめぐり合う人とは離れないで結びつく。

「私、協力するからね。お婆ちゃんになるまで待っているつもりだからね」

〝ゆりの会〟――私たちが目標とした踊りの会です。

人は何かを得るために考え、努力し、行動しなくてはならない。十年前の約束を実現させる時が来たのです。

乃梨香ちゃんがお婆ちゃんになるなんて、イメージが結びつかない。乃梨香ちゃんを待たせすぎてはいけない。人生は有限なのです。

大人になってから、時間はまたたく間に過ぎていきました。お母さんが貴登に冗談めいて話していた、「〝今度〟と〝おばけ〟は出たことないのよ」の言葉。

貴登は不思議そうな顔で、

「ふうん、おばけは出ないんだ。〝こんど〟ってなぁに？　こわいのぉ？」

「怖くないのよ。何もしないと何もできないってことよ。そっちの方がお化けより怖いのよ」

「ふぅん」

そう、何もしないと何もできないのです。

「乃梨香ちゃん、あと三年待って。私頑張る。お弟子さんを育てる」

「凜ちゃんはいい先生だもの、羨ましいわ」

憧れの乃梨香ちゃんからそんな言葉をかけられるなんて夢にも思っていないことでした。

彼女との約束から半年、智香先生と相談して、都内のホールで会を開くことに決めました。客席数は約四百で、駅からも近く、花道も備えてある劇場です。抽選申し込みで一年後の春に決まり、劇場の内金、支度金と、貯金をはたき、一部は幼児教室の子供たちを中心に、二部は衣裳を着付けて、本格的な日本舞踊をお客様に観ていただこうと思いました。

初めてのことばかりで裏方さんの日当やお弁当代にいたるまでの費用の計算、プログラム作りなど、踊り以外のたくさんの準備がありました。私が家でも外でもバタバタしていたので亮介さんと貴登には申し訳ないと思ったのですが、二人共意外な反応でした。

亮介さんは楽しそうに、

「すごいね、会ができるなんて。計算とか力仕事とかは僕がやってあげるよ。ご飯、あ、できなければ僕が作るよ」

と言い、貴登も、

「お父しゃんのご飯おいしいよ。お母しゃん、おろり（踊り）がんばって」

と応援してくれるかのようでした。

二人の気持ちはとても嬉しかったのですが、甘えてばかりではいけないと戒め、できる範囲で家事も育児も頑張ってきました。

私なりに……。

演目も決まりかけて、お稽古にも熱が入っていきました。

幼稚園課外教室の子供たちはおそろいの浴衣で、女の子は「菊づくし」、男の子は「夕暮」を踊ります。あとは男女が一緒になり「元緑花見踊」を短くまとめて踊ることにしました。

序開きには智香先生が「七福神」を踊ってくださることになりました。

希美ちゃんが「手習子」を、美弥先生が「玉屋」を、永年通ってきてくれるお弟子さんたちが「年増」「俄獅子《にわかじし》」「五月雨《さみだれ》」で舞台を務めてくださることになり、ありがたい限りです。母より年上のお弟子さんたちを教えることは私にとって言葉を選び、忍耐も養われたいい経験でした。皆さん会を開くことをとても喜んでくれて、

「舞台で踊れるなんて嬉しいわぁ、冥土の土産よ」

なんて滅相もないこと（?）を言い、楽しそうにお稽古をしています。

そう、それもありなのです。

日本舞踊を好きになってくれて上手になってくれることが若い頃の私の目標であり、少しでも上達が見えないと自分の力不足を嘆いていましたが、人生の折り返しにもなると思考も変わってきました。

子供たちが初めて浴衣を着てにこにこして踊る姿と、人生の先輩のお弟子さんたちが「舞台で踊るのよ、嬉しいわ」とはしゃぐ姿は同じように映るのです。

踊りを楽しんでくれて、踊りを好きになってくれるきっかけが私のお稽古場であり、幼稚園の課外教室であれば、それは一番私の望むことなのだと、お弟子さんたちに教えられ

た気がしました。

高校生になり、名取にもなってくれた桜田優希君も「供奴《ともやっこ》」のお稽古に入りました。若さもあり、何より踊りが大好きな優希君はお稽古にも熱心で、彼の上達は嬉しい限りです。

かつて私が智美先生に「供奴」を教えていただいた時を思い出しました。滝のような汗をかき、筋肉痛に耐えお稽古した日々。智美先生から私へ、そうして優希君へ。智美先生はもういらっしゃらないけれど、私の中に思い出はいっぱいで、優希君へ継いでいく。これが伝統芸能の形なのだと四十歳間近にしてわかりかけてきました。

ほんの少し年上だけれど義理の妹になる真貴さんも、

「ねぇ、凜ちゃん、四十歳目前よ。人生の折り返し、お料理にたとえるとそろそろメインディッシュよ。頑張って」

と声をかけてくれました。

「私もね、母のお茶の代稽古をしようと思うの。母も古稀（七十歳）を過ぎて、まだまだ元気だけれど、母と一緒にお稽古して、受け継ぐことも教えてもらいたいし。親子って反発するものだけれど私も丸くなったのかな」

「お義母さん、優しくていい人です。真貴さんもすごくいい人です」

あわてふためく、しかもしどろもどろの私の言葉に真貴さんは大笑い。

「凜ちゃん、変わってないね。ありがとう。私も頑張るわ」

言葉が足りず、いつも自分のことにいっぱいになってしまう私に対して真貴さんは大人の対応をしてくれるお手本の人です。

亮介さんに話すと、

「真貴、しっかりしてるんだよなあ。お母さんがお茶会とかお稽古とかで忙しい時に夕飯作ってたよなぁ、そういえば僕のお弁当も作ってくれたなぁ」

「それ、いくつの時ですかぁ」

「僕が高校生だから、真貴は小学三年生くらいかなぁ。カレーとかおでんとか。お弁当はさぁ、ゆで卵とかウインナーとか。まあ、たいしたもんだよ」

本当、たいしたもんです、真貴さん。

〝三つ子の魂百まで〟っていうけれど、真貴さんはもう〝人〟として完成型に近い。私はわけのわからない小学生だったけれど〝踊り〟に出会えたお陰ですこーし、〝人らしくなった〟頃です。

「私、頑張る。亮介さん、迷惑かけると思うけど許して。貴登のこともよろしく」

「いいよ、いいよ。ご飯もカレーとおでんなら作れるし、ね」

「えっ、そうなの？」

「貴登のお弁当も、ゆで卵とウインナーならまかせてよ」

「お願いします」

家族って温かい。甘えてしまって申し訳ないけれど、今はお浚いの会を成功させたい気持ちでいっぱいです。容量の少ない私だけれど、器を満たすまで〝踊り〟のために、お弟子さんのためにいい会にしたい気持ちでいっぱいです。

優希君は学校が忙しくなったため、お稽古は土、日に通うことになりました。飄々とした性格は全く変わらず、踊りは大好きで、高校生になってからは三味線を習うようになったそうです。

貴登が〝おろり（踊り）のお兄ちゃん〟と呼び、優希君も仲良く接してくれます。

貴登もお行儀良く正座ができるようになったので踊りを始めてみようと、優希君の踊りのお稽古を見せました。

優希君のお稽古中、貴登は無言で正座していました。

お稽古が終わりご挨拶をして優希君が帰ると、貴登は、

「お母しゃん、すごいよ、すごいよ。おろり（踊り）恰好いい、ぼくもおろりたい」

と全身のエネルギーがあふれ出るような勢いで話し始めました。そして「供奴」の足拍子のさわりをトントンと踏み鳴らします。

「踊り、お稽古したいの？」

「うん、おけいこしたい」

四歳の子供に何を踊らせよう……。智香先生にご相談することにしました。

「そうねぇ、一人では少し不安ですねぇ」

「そうなんです。どなたか一緒ではご迷惑になるかもしれませんし」

「考えてみますね。貴女は何を踊られるの？」

「私ですか」

「会主さんなのですから、心に残る演目を考えましょう。美乃さんは決められたの？」

「あ、お話ししてみます」

「お二人の会なのだからお二人で踊られたら」

「はい、考えてみます」

私はお弟子さんのお稽古に一生懸命でしたので、自分の演目については後回しであり、深く考えることもありませんでした。乃梨香ちゃんとはお稽古日が違うので、日を合わせて彼女と会い、相談することにしました。

「〝ゆりの会〟で凜ちゃんとまた一緒に踊れるなんて夢みたい、智香先生に御礼を申し上げなくちゃ、ね」

「二人で何か踊りたい演目、ありますか」

「『連獅子』では体力的にも荷が重いし、ね」

「そうですね」

「贅沢していいかしら」

「はい、何か」

「私、凛ちゃんと一緒に『男女道成寺《めおとどうじょうじ》』を踊りたいの。私が白拍子で、貴女が狂言師。幼稚園の子供たちも所化《しょけ》（修行僧役）で出てくれるといいのだけれど」

考えもつかなかったけれど、素敵な意見。

乃梨香ちゃんが白拍子花子の衣裳を身に付けたらどれほど綺麗でしょう。『吉野山』の静御前も素敵だったけれど、道成寺物は日本舞踊の中でも最高の大曲です。この機会がなければ一生踊れないかもしれない……。踊りたい、踊りたい、踊りたい。道成寺のお稽古ができると考えただけで沸き立つ心。幸せに満ちてきました。

「素晴らしい演目を考えてくれて、乃梨香ちゃん、ありがとう。智香先生にお話ししてみます」

「貴女とまた一緒に踊れると嬉しいわ。私も頑張る」

心強い言葉に胸が詰まりそうでした。乃梨香ちゃんはいつでも私の憧れであり、ライバルであり、お手本でした。四十年近く生きていると、そして頑張っていると思いがけないご褒美があるのだなと思い、翌日智香先生にお話ししました。

「会主さんが『道成寺』物を踊られるなんて」

とおっしゃった後に、

「でも人生は有限ですもの。道成寺物は精神的にも肉体的も大変ですが『男女道成寺』ですもの。二人でいい男女《めおと》になるよう、お稽古頑張りましょう」

「はい、ありがとうございます」

翌週からお稽古に入り、道成寺が踊れる喜びに胸が高鳴り、幸せでいっぱいです。

私が踊る狂言師の踊りは、初めは白拍子と同じ衣裳で途中から狂言師へと変わりお面をつけ、最後は白拍子と共に踊り幕切れとなります。

自分のお稽古と自宅でのお稽古、幼稚園の課外教室もあり、すっかり手抜き妻、手抜き母になってしまいました。

クタクタになってリビングに戻ると、カレーやおでんのいい匂い。亮介さん、ありがとう。

幼稚園に入園した貴登はハンカチと水筒の用意は毎日進んでやってくれます。

君も偉いね、ありがとう。

家族に感謝しつつお稽古に専念することができました。

本当に申し訳ないけれど、お浚い会の費用の計算やプログラムの校正チェックまで、「五十歳近くでこんなに違う世界に触れられて楽しいよ」

と積極的に手伝ってくれました。

私と乃梨香ちゃんが『男女道成寺』を踊るに当たり、所化のお稽古も始め、貴登も小坊主姿で初舞台を踏むことになりました。

ホールはあまり広くないので上手、下手に四人ずつ、両脇を真弥先生（美弥さん）と優希君（名取になり優となりました）、貴登、希美ちゃん、幼稚園課外教室の生徒二人ずつが務めてくれることになりました。

きちんと正座できることが必要条件で、少々厳しいかなとも思いましたが、舞台に上る気持ちを考えていい加減にしてほしくなかったのです。

この日のために一生懸命お稽古して、費用を工面して舞台に立つのです。小さな踊りの会ですが楽しい思い出として心に残ってくれたら……それが私の目指すところでした。

正座に耐えきれなかった貴登も大好きな〝おろり（踊り）のお兄ちゃん〟の優希君の隣に座ることが嬉しくて二十分の正座もできるようになり、傘踊りも子供たち同士で楽しくお稽古に励んでいます。子供たちの音感というものは素晴らしいもので、口三味線で〝ドチチリチン〟と口ずさみながら彼ら、彼女らなりに一生懸命お稽古しており、指導してくれる美弥先生も教える喜びでいっぱいですと話してくれました。

「幼稚園で働いている時はそつなく、行事のたびに色々考えて〝みんな一緒に〟と努めて仕事を進めていました。もちろん子供たちの成長は楽しみでしたけれど、日々の業務に追われて子供たちに向き合う時間も限られていました。課外教室のお手伝いをさせていただいて本当に楽しいです。子育てしながら、好きな踊りを子供たちに伝えることができて日に日に上手になっていく子供たちを見ることができるなんて幸せです。素晴らしい経験をさせていただいてありがとうございます」

と嬉しい限りです。

年に一度の幼稚園ホールでの発表会の緊張とはまた違い、ご父兄の方々も神妙な面持ちでお稽古を見守り、園児たちも少し厳し目のお稽古にもついてきてくれるそうです。

年長児のお母さんは、

「うちの娘、甘えん坊で一人っ子で大丈夫かしらと思ったんですが、本人が踊りたいと言いまして参加させました。落ち着かない娘でしたが、きちんと正座もできて大したものですね。ひと回り大きくなった気がします」

とおっしゃって、

「費用は主人が頑張って出してくれますけれどね」

とちょっといたずらっぽく笑っていらっしゃいました。頭の下がる思い……。

〝ゆりの会〟に出演してくださる皆様に感謝の気持ちでいっぱいです。いい会にしなくてはならないとお稽古に励みお正月を迎えました。

〝おろり〟と口の回らなかった貴登も〝おどり〟と言えるようになり、久々に家族団欒の時を過ごし、亮介さん、白髪が増えたなぁ、でもロマンスグレイで素敵よ、なんて妄想にふけったりしてしまいました。本来の私の姿なのでしょう。

面倒臭くてわかりづらくて生意気で。

その私を育ててくれた両親、お父さんはもうこの世にはいないけれど……。

踊りを教えて育ててくれた智美先生……もこの世にはいないのです。

初詣でを済ませて一月三日の日、私は思い立って亮介さんと貴登と三人でお父さんと智美先生のお墓参りに行くことにしました。

「正月三日にお墓参りか。凜ちゃんは偉いね」

と亮介さん。

「どこ行くの、おはか。ふうーん」

と貴登。

ごめんなさい、私に付き合ってくれて。私は偉くなんかないよ。自分の容量が少ないのに会をするなんて不安でいっぱいなのです。

神頼みは元旦に家族で近所の神社でお願いしたので、仏頼みなのです。お父さぁん、智美先生、お願い見守ってください。〝ゆりの会〟が無事できますように……。

お花を買ってお父さんのお墓に着きました。

「あら、凜。あけましておめでとう」

お母さんが振り向き、私たちに声をかけました。先に来てお墓参りをしていたのでしょう。綺麗なお花が飾られ、お線香の香りがただよっています。

「お母さん、どうしたの」

「貴登の初舞台と凛の初めての会のこと、お父さんに報告していたのよ、見守ってくださ
い、成功しますようにって。あら、やだ。口にしちゃった」
いたずらっぽく笑うお母さん、ありがとう。
「もうすぐお父さんの七回忌だものね」
あ、そんなに経つんだ。そうだね、お兄ちゃんも私も結婚して、貴登が五歳になるんだ
ものね。私も三十七歳、しっかりしなくちゃ。
「はい、貴女たちもお父さんに報告してね」
「お母さん、これからどこへ行くの」
「昔のお友達と新年会よ。楽しんできます、貴女たちもいいお正月を、ね。亮介さん、凛
のことよろしくお願いします。貴登君、バイバイ、またね」
足取り軽く手を振るお母さん、私たちに気を遣ってくれたのかな、ごめんね、大人の事
情だね。会が終わったらゆっくりするから一緒にご飯食べようね。
お父さんのお墓に向かい、会のこと、お母さんが健康でうんと長生きしてくれますよう
に、家族の健康と幸せとありったけの仏頼みをしてお墓を後にしました。

智美先生のお墓は静かな墓地庭園の一隅にあり、訪れる人はなく、まるでお庭を散歩するような気持ちでした。

お花を供え〝ゆりの会〟のご報告とお見守りくださいと心の中からお願いしました。

清々しい気持ちでお墓参りを済ませ帰路につきました。

年が明け、お浚い会まで四か月となり、皆熱心にそれぞれの演目に取り組んでいます。

私が九歳の時の初舞台を思い出します。右も左もわからなかった子供が、智美先生に教えていただき、乃梨香ちゃんと一緒に踊れるのがとても嬉しくて一生懸命お稽古したこと。

両親がとても喜んでくれて、魔法にかけられたような夢の舞台だったこと。そしてその思い出が今の私の礎となり、私を支え、一生踊りに携わりたいと将来を決めました。

それでも私は軟弱で意気地がなくて右往左往することもあり、反省することのなんて多いこと。智美先生に申し訳ないと反省することもたびたびあり、お弟子さんに迷惑をかけていないかと心配もあり……。

「私たちの方が先生にいっぱい迷惑かけているわ。十回も同じ所を直されてもなかなかできないし。でも踊りは楽しいし、舞台で踊れるのは嬉しいわ」

と年上のお弟子さんたち。

子供たちにはそれなりに厳しくしてしまうけれど、上手に踊れるようになると嬉しくて子供たちを抱きしめて褒めまくり。そんな私の様子にお母さんたちは、

「家では怒ってばっかりです。先生が子供を褒めてくださってはっとしました。とても嬉しそうないい笑顔をするんです。家の子、こんなに可愛いんだと……忘れていました。踊りがきっかけで頑張っている我が子を褒めてあげたいと思います。ありがとうございました」

と思いがけない言葉をいただきました。

こちらこそ、こんな稚拙な私についてきてくれてありがとうございます。言葉にはならないけれど胸の中は感謝でいっぱいです。

私は智美先生のようにはなれないけれど、私なりに一生懸命踊りに向き合い、教えて、楽しんでもらいたい。智美先生のおっしゃった「この国に生まれた日本舞踊という美しい文化に触れてほしい」という思いは同じです。

年上のお弟子さんたちも子供たちも、同じ方向を向いて頑張ってくれる姿はとても頼も

しく、少々厳しくなってしまうお稽古も嫌がらずについてきてくれます。

私と乃梨香ちゃんの『男女道成寺』も佳境となり、前半と後半の合わせる所もお互いの間合いを見てそろえられるようになりました。

「私たちあ・うんの呼吸ぐらい合うようになったね、凜ちゃん」

「ありがとう、乃梨香ちゃんのお陰よ」

「ううん、おたがい様よ。もう凜ちゃんと知り合って三十年以上だもの」

もうすぐ人生の折り返し……。年齢的にも身体的にも大人にはなったけれど、私は「凜」という名前のようには潔くないし、右往左往している。「美生」のように美しく生きていない。

そんな私を支えてくれるお弟子さんたちやまや先生、智香先生、家族の皆に心からの感謝を抱いて、会を開ける喜びをかみしめています。あちらの世界からは智美先生とお父さんが見守ってくれています。二十歳の時の私に、今の私は想像できたでしょうか。

人生は思ったより悪くない……でもそれなりに頑張らなければ流されてしまいそうで、今の私は必死で流されないように耐えている気がします。

「凛ちゃん、頑張ってるね。でも追い込みすぎるとつらいよ、笑顔が消えてるよ」

時々おかずを差し入れてくれる義妹の真貴さんの心にささる一声。彼女はするどい。

そうして満面の笑顔で、

「たかちゃん、すごいね。舞台で踊るんだってね」

「うん、おどりすき」

と貴登の相手もしてくれます。

この日は、二人で何やら楽しげに手遊びをしていました。

ずいずいずっころばし、ごまみそずい
茶壺に追われて　とっぴんしゃん
ぬけたらどんどこしょ
俵のねずみが米食って　ちゅう
ちゅうちゅうちゅう
お父《つと》さんが呼んでもお母《つか》さんが呼んでも

いきっこなしよ
井戸の周りで　お茶碗欠いたのだぁれ

「あ、まきちゃんだぁ」

貴登と真貴さんの笑い声、幸せな時間が流れます。

亮介さんが帰ってきて、貴登とお風呂に入ると言って浴室に向かいました。

「ねぇ、凜ちゃん、今の歌知っているよね？」

「ずいずいずっころばし、もちろんです」

「あれね、お茶の歌なのよ」

「えっ、そうなんですか」

「江戸時代に将軍家に献上するお茶壺、大名行列と同じくらい大切にされたそうよ。お茶壺道中と呼ばれていて、茶壺が来たら誰が呼んでも外に出てはいけない、静かに行列を見守りなさいという戒めの歌らしいの」

「怖い歌なんですねぇ」

「うん、そうかな。でも私もお茶室に入ったら外のことを忘れてお茶のことだけ考えているの。戒めより集中かな」

「集中ですか」

「貴女もそうでしょ、お稽古や舞台の時は外のことより踊りのことだけ考えているでしょ」

「あ、はい」

「まあ色々解釈があるけれどね。ある意味〝とっぴんしゃん〟かな」

「とっぴんしゃん？」

「戸をピシャとしめちゃうこと」

なあるほど、戸をピシャンと閉めなさいってこと。でも私は時々閉めそこなっちゃって〝ぬけたらどんどこしょ〟の方かな……。

「貴登のパジャマ持って来てぇ」

亮介さんの声。

「はあーい」と私。

「じゃあまたね、凜ちゃん」

と真貴さん。

リビングのドアを開けて、美しい立ち姿で帰られました。

〝茶壺に追われて　とっぴんしゃん
ぬけたら　どんどこしょ〟


ゆりの会の開催が間近となり、お稽古の他に打ち合わせや下浚い（通しのリハーサル）で忙しい日々が続きました。

〝おどりに追われて　とっぴんしゃん
ぬけたら　どんどこしょ〟

替え歌をして、時々口ずさんで落ち着こうと思いました。

「凜ちゃん、なぁに、それ」

「男女道成寺」のお稽古を終え、乃梨香ちゃんと一緒の帰り道、ふと口ずさんでしまいました。

いきさつを話すと、

「それ緊張と弛緩のことよね。人生には必要なことよ。私も色々あるわ」

綺麗な顔立ちの乃梨香ちゃんが大人の、美しいだけではない凛とした厳しさを持った女性に感じました。

背筋が伸びるとか、衿を正すとか、言葉に表せない一瞬の心地の良い、そして身の締まる緊張でした。

「〝ゆりの会〟頑張りましょう」

間近に控えた会に向けて皆、同じ気持ちです。帰りの車中でも、幸せに映る彼女にも見えない苦労があるのだと考えました。

容量が少ない私ですが、少しずつ周りの事を気にかける年齢になったのだと……。

歳を重ねるのって悪くない……。

最寄り駅に着き、家路を急ぎました。

四月の第二日曜日、入学式や入園式はすでに終わり、桜も次第に葉桜となる頃、初めての〝ゆりの会〟を開くことができました。

ロビーに飾られたお花、受付準備をしてくださる姉弟子さんたち、楽屋では浴衣姿でお化粧を待っている子供たち、おしろいや鬢《びん》つけ油の独特で濃厚な香り、荷物を運ぶ大道具さん、衣裳さん、小道具さんが忙しそうに動く姿が心浮き立つ気持ちにつながります。

私が子供の時から親しんだ私の大好きな風景なのです。

第一部の子供たちの踊りを美弥先生と一緒に見守り、第二部に入り後見を終え、無事にお弟子さんが踊り終えた姿に安堵して、支度にかかりました。

子供たちの所化は可愛らしく、美弥先生がいらっしゃるので心配はありません。

一番歳下の貴登にトイレの心配を促すと、

「大丈夫だよ。僕はもう五歳だよ、小さくないよ」

と言われ、我が子の成長に目を見張る思い。

いよいよ、舞台に立つ時がせまってきました。

衣裳を直しながら、

「私たち、〝ゆりの会〟だけれど桜ね。もう外は葉桜だけれど、凜ちゃんと一緒に二度目の桜の中で踊れるのね」
と美しい花子役の乃梨香ちゃん。
そう、『吉野山』以来、あれからもう十年以上が経っているのです。
舞台に乗った私たちの前に紅白の幕が下ろされました。
〽花の外《ほか》には松ばかり
〽花の外には松ばかり
地方《じかた》さんの声が響く中、幕が上がります。
最高の緊張感に達しました。
さあ、二度目の桜の舞台が始まります。

著者プロフィール
大和 かつみ（やまと かつみ）
聖徳大学日本文化学科卒業
埼玉県在住
幼児教室講師、学習塾サブインストラクター等を経験
日本舞踊師範
著書に、『凜ちゃんのちんとんしゃん』（2020年、文芸社）がある

凜ちゃんのとっぴんしゃん

2021年７月15日　初版第１刷発行

著　者　大和 かつみ
発行者　瓜谷 綱延
発行所　株式会社文芸社
〒160-0022　東京都新宿区新宿1－10－1
電話　03-5369-3060（代表）
03-5369-2299（販売）

印刷所　神谷印刷株式会社

ISBN978-4-286-22771-9